ALLES GUTE ZUM NEUEN JAHR

Payam Ebrahimi

Roser Matas Nadal

MAGINK

Al(l)es Gute zum Neuen Jahr

herausgegeben von

C/O Lisa Andergassen, Kuglerstraße 63, 10437 Berlin, Deutschland
Text: Payam Ebrahimi
Illustrationen: Roser Matas Nadal
Übersetzerin: Saeedeh Ramez

www.maginkbooks.com
info@maginkbooks.com
ISBN: 978-3-96656-037-5

In der Schule von Lukas und Ryan wird das Neujahrsfest immer mit einer großen Party gefeiert. Die Vorfreude ist groß. Es summt und brummt im Schulhaus wie in einem Bienenstock. Der Schulchor übt das Neujahrslied. Die Wände werden gemeinsam mit bunten Postern und Luftballons dekoriert. Es ist ein Riesenspaß...

Den Rechtschreibfehler im Poster von Ryan entdeckt Lukas schnell. Er korrigiert ihn mit einem Marker, Ryans Marker. Da ist Ryan sauer. Er mag es nicht, wenn andere einfach seine Sachen nehmen ohne zu fragen.

ALES GUTE ZUM
NEUEN JAHR

ALES GUTE ZU
NEUEN JAHR

Da platzt Lukas der Kragen. Er zählt nicht erst bis zehn, ehe er reagiert. Er vergisst, dass Ryan nur ein kleiner Erstklässler ist...

Ein sehr kleiner Erstklässler, der
einen sehr viel größeren,
stärkeren Bruder hat!
ALES
NEU

GUTE ZUM
N JAHR

Ein bisschen größer und ein bisschen stärker...

Das WICHTIGSTE in
der Schule ist die
FREUNDSCHAFT.

Was auch immer passiert:
gute FREUNDE müssen
zusammenhalten!

WAS AUCH
IMMER
PASSIERT!

Lehrer lieben Diziplin.
Sie wünschen sich eine
FRIEDLICHE Schule,
in der alle Schüler
FREUNDE sind.

Deshalb müssen Lehrer manchmal **wütende** und **gewalttätige** Schüler **bestrafen.**

So lernen alle Schüler, immer
freundlich zu sein.

Auch Mütter und Väter möchten,
dass ihre Kinder Freunde sind.
Sie mögen ruhige, friedliche Kinder,
die **lieb und brav** sind.

Eltern möchten, dass Kinder ihre Hausaufgaben
rechtzeitig machen,
höchstens eine Stunde mit
Videospielen verbringen,
für Gäste Klavierspielen ohne zu motzen,
immer gute Noten nach Hause bringen und später mal
Ärzte oder Astronauten werden.

CS

Mütter und Väter wollen nicht, dass jemand ihre Kinder ärgert.

Deshalb stehen sie immer an der Seite ihrer Kinder, wenn es Stress gibt.

Das Gute ist, dass Eltern ja schon ausgebildete Experten und Fachkräfte sind.

So können sie ihre Fähigkeiten optimal nutzen um Probleme zu lösen.

Außerdem haben Eltern viele Freunde und Bekannte mit anderen Fähigkeiten. Und alle helfen einander, wenn es nötig wird.

Sie tun ihr Bestes!

Jetzt werden die
PROBLEME gründlich
gelöst.

Und dann wird FRIEDE
in die Schule zurückkehren!

Jetzt hat sich alles beruhigt. Jeder lebt sein Leben weiter.

Die Kinder lernen, dass man nicht so schnell die Ruhe verlieren darf.

Sie lernen, bis zehn zu zählen, ehe sie aggressiv werden.

Sie respektieren ihre Mitschüler und lösen ihre Probleme durch Gespräche.

Bei Rechtschreibproblemen fragen sie ältere Schüler um Rat.

Und nach der Neujahrsparty wünschen sich alle mit fröhlichem Lachen ein FRIEDLICHES NEUES JAHR.

ALLES GUTE ZUM
NEUEN JAHR

MAGINK